拂開塵封的雲煙
捧起閃光的箴言
有一個不朽的名
字在古老的銅鏡
上璀璨啊大唐魏
征你是中華民
族的驕傲你是天

书法家魏恒斌
《千秋金鉴》

下人倫的典範居
安思危戒奢以儉
忠心輔國敢諍敢
諫鐵肩擎道義日
月昭肝膽為的是
江山社稷保的是
國泰民安績大如
海千秋垂鑒 兼
聽則明偏信則暗

民為國本基業久遠丹心重青史正氣貫長天爲的是江山社稷保的是國泰民安功高如山千秋金鑒

錄董偉建先生句秋金鑒

白民李文於京華恒識

千秋金鉴

董伟达新歌诗集

董伟达 著

人民东方出版传媒
東方出版社

目　录

我的自白

我，董伟达。男。1952 年生于黑龙江省东宁县。身份证上写的是哈尔滨人。做过工，学过医，当过文化馆创作员、记者，百分百的国家干部。曾先后求学于黑龙江大学，黑龙江省教育学院。研究生学历。只因调转时人事档案被经办人弄丢了，还没等找到，经办人又因心脏病突发去世了，我竟成了“黑人”。好在那时不少人去经商，没丢档案的也不要档案了，我也咕咚一声下了海，硬生生一头扎进了没学过的理工科里。机缘巧合，弄出来好几项有关机械抗磨损的发明专利，几年后竟荣任中国机械工程学会磨损失效分析与抗磨技术专业委员会副主任委员，中国名牌战略专家委员会研究员，哈尔滨圣龙新材料科技有限公司董事长、总经理。新华社发通电，中央电视台采访，差点忘了北。有小人略施小计，跟有权的人一勾搭，竟把我幸苦了几年的果实一下子抢了去。胆大到竟模仿我的签字换了法定代表人（原来是我），法院判了违法但就是改不过来。没等回过神来，又遇上了车祸，差一点就去了另外的地界。躺在病床上，有理也说不出，先后动了两次手术。问大夫，这得罪谁了？大夫说：问天去。时间久了，琢磨出来：是我德不配位，所以遭天罚。好在只是罚我，没灭我，总算活过来了。

感谢上苍！也感谢所有帮助过我和伤害过我的人。

有人说经过劫难的人是命运的宠儿。突如其来的变故让我站在了一个从未有过的角度来审视自己的价值和人性的优缺点。当命运无情地把我推向深渊，看着我所熟悉的和不熟悉的君子和小人做着各式的表演，让我有机会去评判、触摸他们的灵魂；同时，也让我有机会真正解读了雪中送炭、手足情深以及落井下石、趁火打劫等等早就耳熟能详的成语和典故。

感谢他们用关怀、热情、无私或冷漠、狠毒、残忍的事实，帮助我走向生命的成熟和坚强……

怎么就写上歌词了呢?

还是十几年前，一个极偶尔的机会，写了一首歌词，一位很有点名气的歌手给谱上了曲，没多久，我老崇拜的一个大歌唱家给唱出了声，一个字没改。还通知我很快要在一个极大的场合演唱，实况转播，一下子被吓着了。自问，我咋还有这“天才”！虽然后来这个原因那个原因没演唱出来，时间一久，也就忘了这档事。车祸后什么也干不了，整天跟床较劲，较着较着，猛然间想起来我还有写词儿的“天才”，就写歌词玩，着了道似地，没白没黑地写，自己看着舒服了，就读给身边的朋友们听，压根没想过要出书。集的多了，碰巧就认识了会作曲的朋友，就先后一首一首谱去，谱出了十几首，先后荣获了好几次国家级大奖。还有一百多首就躺在电脑里，没事自己敲出来品品改改，自娱自乐。经年几许，竟攒出来一本书的模样。

生在黑龙江，长在黑龙江，竟被辽宁省音乐家协会授予会员殊荣。这要感谢家乡的一大帮朋友，没有她（他）们给我的那么多终生难忘的鞭策和帮助，我压根就写不出这么多歌词来。永远为他们祈祷祝福！

音乐界的前辈是我永远尊敬的老师。音乐理论家周荫昌教授，著名作曲家秦咏诚教授、潘兆和教授等等。不是前辈的刘锡泰、刘官祎、张智深、李洋等曲作者，他们真的是我的心音知己，我会永远感谢他们的。还有钟杰、滕旭、周平安、王红光、于玖章、徐世忠、钱龙、于庆国、张存德、李荣华 、潘秀君、李广印、张世海等施恩与我的朋友和我的家人，是他们那么多的大爱让我写出一首又一首有感而发的歌词。

最让我感动和感谢的是我的兄长——中国著名书画家“当代书圣”魏恒斌先生。他是唐代名相魏征的后裔，书、画、篆刻堪称当代极品。他不仅为我题写了书名，还在百忙之中“书法”了我的三首歌词：《千秋金鉴》、《中国字》、《中国茶》和“爱人如己”，作为我这本小书的插页，使这本小书凭空增添了金子般的亮色；我的画家朋友黄国铭先生，也欣然献出了他的画作，用他的大气和雄浑为我这本新歌诗集注入了鲜活的灵气，真的让我诚惶诚恐，无以为报。

最后要感谢的是东方出版社的总编辑许剑秋先生、吴玉萍女士，是他们的人格魅力“俘虏”了我。我把近十年来写的所有新歌诗都授权给了“东方”。这还不算，还外加了十年期限。也就是说未来的十年我写的所有新歌诗都要交给“东方社”。“东方社”是我唯一的“经纪社”，绝对排他！

还要向这本书的两位美女编辑黄晓玉、刘晓立表示我诚挚的谢意。

幸哉?！福哉?！肯定的是，不是坏事。“经纪社”不是“自然社”。相信“组织”，吃不了亏。好好活过这十年吧。十年以后呢？十年以后“东方社”若还在，就接着一起玩！玩到老！

挺好的！

真好！

董伟达

2012年12月12日于大连不夜城大酒店

第一篇

颂歌篇

国 旗 颂

太阳从东方升起，
染红了庄严的国旗；
霞光飞舞着金线，
绣成了永恒的壮丽！
啊！五星红旗！
你辉映山河，你情系大地；
你舒展辉煌，你播撒生机。

大湖出高峡，游龙盘雪域；
紫气东方走，绿水回头急。
把梦想化作自强的壮举，
听太空响起飞天的旋律。
五千年的文明孕育了你，
五十六双臂膀擎起了你；
你是中华儿女的魂魄，
把伟大的中国在天地间凝聚！

太阳从东方升起，
染红了庄严的国旗；
霞光飞舞着金线，

绣成了永恒的壮丽！
啊！五星红旗！
你扬起尊严，你迎接机遇；
你拥抱和平，你传送友谊。

宾朋遍五洲，游子思故里；
希望胸前飘，理想展双翼，
用勤劳浇灌幸福的未来，
让智慧点燃振兴的豪气。
五千年的文明孕育了你，
五十六双臂膀擎起了你；
你是中华儿女的魂魄，
把伟大的中国在天地间凝聚！

注：潘兆和谱曲　魏松领唱

白发颂

你就像高耸的大山，
辉映着银色的华冠；
你就像临风的玉树，
飘洒着洁白的庄严。

往事如水，坦荡平凡；
生命如诗，心血浇灌。
深情地把你凝望，
我的父母啊双亲！
你用毕生的辛劳，
把慈爱撒满了儿女的心田。

你就像高耸的大山，
辉映着银色的华冠；
你就像临风的玉树，
飘洒着洁白的庄严。

岁月如歌，正气浩然；
信念如虹，辉煌灿烂。
骄傲地把你仰视，

我的前辈啊师长！
你用无悔的追求，
把希望托举在后人的双肩。

啊，华冠，银色的华冠！
啊，庄严，洁白的庄严！
生命如诗，正气浩然！
岁月如歌，辉煌灿烂！

军旗颂

一杆梭标映红天，一声霹雳红星闪；
一面战旗迎风舞，一腔热血铸成剑！
金戈铁马，征程万里抗敌寇；
虎啸龙吟，大漠长虹舞翩跹。
山河壮丽，英烈含笑颂千古；
保卫和平，钢枪辉映绿橄榄。
啊，八一！你是不朽的军魂！
啊，军旗！你是燃烧的火焰！

一把斧头一把镰，一曲颂歌红杜鹃；
一颗丹心献给党，一片赤诚擎起天！
建功立业，人民军队听呼唤；
砥柱中流，工农子弟沥肝胆。
雄师劲旅，钢筋铁骨托北斗；
三军巍峨，万里长城新画卷。
啊，八一！你是不朽的军魂！
啊，军旗！你是燃烧的火焰！

牡丹颂

东方有一片沃土，
养育了神奇的牡丹；
历经千年的风霜，
盛开在人间的花园。

啊，牡丹！神奇的牡丹！
你妩媚，
醉了狂草醉了画魂；
你风流，
融进琴韵融进诗篇。
婀娜淑女妆，
西施羞红莲；
观音踏祥云，
昭君出边关。

啊！
人间奇葩，
中国牡丹！

东方有一片沃土，
养育了神奇的牡丹；
历经千年的风霜，
盛开在人间的花园。

啊，牡丹！神奇的牡丹！
你高贵，
雍容华丽灿烂多姿；
你娇艳，
惊世骇俗独领花冠。
汉宫春入梦，
二乔笑飞燕；
嫦娥奔月亮，
吉祥红满天。

啊！
国色天香，
中国牡丹！

注：“淑女妆、西施、红莲、观音、祥云、昭君出边关（塞）、汉宫春、二乔、飞燕（红妆）、嫦娥奔月、吉祥红”，均为牡丹花名。

敬你一杯酒

敬你一杯酒，
见义勇为的英雄；
让我记住你，
走进人群的身影。

面对危险，
你舍身护住善良；
迎着灾难，
你铁肩扛起安宁。

都说是良心无言，
我听见品格有声；
都说是勇士壮烈，
我看见国旗鲜红。

敬你一杯酒，
见义勇为的英雄。

大禹颂

天茫茫，水泱泱；
江河怨，良田殇。

劈开拦路山，
踏平滔天浪；
铁臂擎四极，
豪气动八荒。

十三载，
凄风苦雨肝胆照；
四千年，
顶天立地美名扬。

嘿！
好一个大禹，
好一个金刚！

和谐颂

一轮火红的朝阳，照亮了文明古老的东方；
一轮洁白的明月，送给了人间永恒的畅想。
一首华美的乐章，在天地之间弘扬着希望；
一条远航的大船，正扬帆在蓝色的海洋上。

困难压不垮脊梁，我们凝聚着坚强；
机遇把未来呼唤，我们挥洒着力量。
嫦娥太空传佳音，天路连通大西方。
城市走进新农村，欢声笑语新气象。

日升月落，光华万丈；
华夏文明，大道无疆。
祝愿我们美丽的家园，
自然祥和，永远富强！
祝愿我们伟大的祖国，
繁荣昌盛，永远辉煌！

运河颂

中国有条大运河，
千年妩媚荡清波；
大船飞渡通南北，
烟雨过后更婀娜。

揽一怀春秋的故事，
看一轮隋唐的月色；
弹一曲宋元的古韵，
听一回明清的传说。

燕赵的风融进齐鲁的情，
京华沃野，气势磅礴；
荆楚的云化作吴越的雨，
江南锦绣，繁荣辽阔。

啊，大运河！
你辉映日月，你滋养生活。
你是中国的骄傲，你是人间的天河！

灯塔颂

有一座灯塔，
矗立在天地之间；
有一束希望，
扬起了希望的帆。

一份真情，
一份奉献；
驱散乌云，
星光灿烂。

众人拾柴火焰高，
照亮世界同心圆。
啊，希望的灯塔！
你与日月同辉，
你是爱的火焰！

井冈摇篮颂

啊～～

是久远的期盼，是未来的呼唤。

寒夜里一颗红星，照亮了共和国的摇篮。

五千年风采为你洗礼，

八百里巍峨为你庄严。

风雨中呵护着圣洁的火种，

烈焰里擎起了永恒的灿烂。

一曲惊天动地的赞歌，

一树染红朝霞的杜鹃；

一个永远难忘的故事，

一幅气吞山河的画卷。

啊，摇篮！共和国的摇篮！

你养育了民族的希望，

你是红色中国的圣殿！

辛苦了，总理

有一个熟悉的身影，
在颤动的大地上触摸着灾难；
有一位慈祥的老人，
在哀伤的废墟上深情地顾盼。
那是总理，
是总理在指挥着抗震救援。

一身尘土，一路呼唤，
一声问候，一把雨伞。
生命！
　　　生命！
　　　　　　生命！
那是共和国的最强音，
是所有中国人的呐喊。
辛苦了，总理！
歇歇吧，总理！
为了共和国，为了明天！

自由颂

轻轻地捧起每一个黎明，
把温暖的阳光揽入怀中；
深情地吮吸着空气的芳香，
让心音融进自然的律动。

溪流欢歌，百鸟啾鸣，
大千世界，万象峥嵘。

啊！自由，自由！
你孕育理想，
你赞美生命！

在大地的怀抱里，
我们憧憬未来；
在蔚蓝的天空下，
我们放飞和平。

红叶颂

大地收获的季节，
醉红了满山的枫叶；
朝霞飘落在枝头，
迎来了丰收的十月。

啊，红叶，红叶！
风霜为你洗礼，
青松把你护卫；
你把绿色献给了养育你的大地，
深深的祝福凝聚成了一腔碧血。

南归雁，声喈喈；
恋红霞，情切切。
一片片飞去，飞去，
那是秋天的红蝴蝶。

合和颂

天地，万物之父母也，合则成体，散则成始。——庄子·外篇·达生

中华大文化，
煌煌天地间；
相亲相融一条根，
合和三千年。

同心同德合成体，
国泰民丰合家欢；
含笑一杯合卺酒，
鸾凤齐鸣合姻缘。

和气好，和风暖；
和衷共济，和是天。
曲高和不寡，家和保平安；
和谐才能合长久，和平才能合同愿。
合和伴日月，合和到永远。

第二篇

家国篇

我的家乡　我的祖国

我可爱的家乡，
有许多美丽的传说，
精卫填大海，
嫦娥飞月亮；
年年有一个夜晚啊，
痴心不改的牛郎织女，
相聚在天上的银河。

我骄傲的祖先，
有许多伟大的发明，
航海指南针，
华佗用百草；
岁岁盼五谷丰登啊，
辞旧迎新的烟花爆竹，
是东方最早的阿波罗。

啊！古老神奇的土地！
啊！秀丽壮美的山河！

生生不息，
勤劳养育着民族；
代代相传，
智慧装扮着中国。

驾轩辕龙辇，
牵南流的水往北坡上走；
揽宇宙神奇，
圆千年的梦做太空的客。

大路通乡村，
五洲联网络，
立交跨繁荣，
太平舞秧歌。

情思延绵，
我可爱的家乡；
魂牵梦绕，
生我养我的祖国。

画家黄国铭

《云涧五色满，霞际九光技》

心中的天堂

小时候，听爷爷讲天堂，
天堂里，金子铺在路上。
长大后，向往梦中的伊甸园，
还有那，大得多的外国月亮。

走过了风风雨雨，
经历了磕磕撞撞；
喜悦伴随着失落，
悄然间两鬓染霜。

都说是天外有天，
却不见心中的天堂；
都说是景中有景，
却留不住游子思乡。

多少回呀！
梦中归故里，
蹦跳着跃入清水塘；

忘不掉啊！
屋前的老槐树，
侦察兵树下捉迷藏。

竹竿做战马，
三丫是新娘；
夜晚数星星，
梦里长翅膀。

啊，童年！
那是我难忘的天堂！
啊，故乡！
那是我永恒的天堂！

天地永清

——为大连永清寺敬颂

大连永清寺始建于唐代，与禅宗祖庭少林寺南北呼应，一脉相承，风雨千年，香火不绝。经文革，历劫难，寺院零落，佛像被毁，唯余残垣。公元二零零六年，少林寺高僧恒顺传经于此，感山川灵秀，古寺神奇，入寺住持，率信众重修古寺，广育佛缘，弘传正法；讲经布道，为民祈福。千年古寺，天降瑞象，霞光凤影，异彩纷呈，四海礼赞，歌之颂之：

煌煌日月，缈缈灵空；
云蒸霞蔚，流光懿虹。

是千年的期待，迎来了今天的圣境；
是百年的虔诚，擎起了庄严的华荣。

一缕缕馨香萦绕，一声声礼赞钟鸣。
至爱沐甘露，大德送安宁。

啊！
万方祈愿，天地永清！

我爱你，黑龙江

是谁泼下这浓浓的酣畅，
浸染了满目油油的北疆；
九曲狂草升腾起龙的神韵，
飞白凌空飘舞着诗的乐章。

你看那：
石油滚滚来，流金遍野点点黄；
林海摇翠绿，牧歌悠悠放牛羊。
丹顶鹤鸣月，镜泊丽人淡梳妆；
天鹅展翅飞，松花江畔浴太阳。

啊！黑龙江啊，黑龙江！
我爱你，黑色神奇的土地；
我爱你，美丽迷人的北疆！

是谁展开了五彩的画卷，
抖落在美丽迷人的东方。
千里厚土涌动着振兴大潮，
山川秀丽孕育着理想希望。

你看那：

科技梧桐园，宏伟蓝图引凤凰；

辉煌老基地，生机勃发新景象。

冰城小巴黎，流光溢彩醉丁香；

国门迎宾客，友谊长虹跨三江。

啊！黑龙江啊，黑龙江！

我爱你，黑色神奇的土地；

我爱你，美丽迷人的北疆！

注：刘官祎曲

发表于《北方文学》2004 年 9 期，2005 年 7 月获黑龙江省首届“音乐金钟奖”歌词创作金奖；2012 年 8 月获中国音协主办的第四届“成才之路”一等奖。同时作品发表在《歌曲》2012 年第十期上

浪漫大连

太阳跃出了海面，亲吻着金色的港湾；
撩起五彩的云霞，舒展开半岛的浪漫。

啊，大连！美丽的大连！
你怀抱大海高山，带着迷人的梦幻；
你就像一颗明珠，镶在祖国的胸前。

东北虎卧在棒棰边，海之韵飞过金石滩；
老炮台指点白玉塔，冰峪沟挂在云雾间。
渤海湾把你眷恋，黄海潮为你缠绵；
槐花迎来四方客，果香醉红百里山。

啊，大连！美丽的大连！
你恢弘大气，永远浪漫！

太阳跃出了海面，亲吻着金色的港湾；
撩起五彩的云霞，舒展开半岛的浪漫。

啊，大连！美丽的大连！
你盛装引领五洲，迎着欧亚的呼唤；
你就像百花仙子，站在世界的面前。

科技园哪吒戏蛟龙，赶海人梦里醉八仙；
绿茵场国脚踢春秋，点将台击鼓演秦汉。
老基地焕发青春，大摇篮谱写新篇；
网络连通天下路，巨轮出海扬风帆。

啊，大连！美丽的大连！
你恢弘大气，永远浪漫！

注：2008 年 12 月获大连市第五届原创歌曲最佳作品奖

祖国新年好

钟声传四海，神州涌春潮；
天下同声贺，祖国新年好！

举起喜庆的酒杯，
端上团圆的水饺；
天地交合万象新，
锣鼓迎春山河娇！

灯笼雪里红，喜鹊枝头叫；
天下同声贺，祖国新年好！

唱起欢乐的颂歌，
跳起祥和的舞蹈；
又是一年好时光，
烟花爆竹闹九霄！

祝愿母亲，永远年轻

五色的金木水火土，
孕育了五谷丰登中国红；
五千年的灿烂辉煌，
擎起了五颗金星照碧空。

五彩的生旦净末丑，
挥洒着五音铿锵满堂红；
五十弦的行云流水，
激荡在五光十色的北京。

五十六朵盛开的鲜花，
献给我们伟大的祖国；
五十六个忠诚的儿女，
祝愿母亲，永远年轻！

东方交响

这是一片神奇的土地，养育了古老迷人的山乡；
这是一幅绚丽的画卷，飘落在年轻美丽的东方。

一声声鹿鸣，（一声声鹿鸣）
一阵阵果香，（一阵阵果香）
一座座奇峰，（一座座奇峰）
一尊尊雕像。（一尊尊雕像）

汉武帝赐甘泉，苏东坡写文章；
吉尼斯拜宝塔，万吨轮入海港。
绵绵沙洲，片片鱼鳞洁如雪，
般般龙树，痴痴守护烈娇娘。
都说是江南三月好，东方的三月情更长！

啊，东方！美丽的东方！
你是一首华美的诗篇，你是一曲磅礴的交响！

注：“东方”为海南省东方市

美丽的延边

春暖花开的时节，最好来一回延边；
天池举杯迎宾客，高台美景会神仙。
三江手牵手，一衣带水意缠绵；
鸡犬两相闻，临国风情左右看。

一壶甜米酒，一碗冷汤面；
一束金达莱，一曲长白山。
农家乐，彩裙舞东风；
长鼓转，满天星灿烂。

啊，延边！
美丽的延边！
人在画中游，
延边的春天是花园。

漫天飞雪的时节，最好来一回延边；
青松婀娜迎宾客，群山起舞叠罗汉。
民族兄弟情，水乳交融共婵娟；
红檐托绿瓦，白衣踏雪月中仙。

一坛辣泡菜，一杯麦茶暖；

一捧雪里红，一首桔梗赞。

象帽舞，翻飞五彩链；

拔河赛，大山也呐喊。

啊，延边！

美丽的延边！

美景看不够，

延边的四季都浪漫。

大黑山

大连有一座大黑山，大黑山脚下是四个湾。
四个湾怀抱着金洲城，金洲城热闹了两千年。

登上大黑山，天高地也宽。
左手挽住黄海的潮，右手扬起渤海的帆。

汉武帝御笔定疆界，唐太宗高台祭苍天；
钟声迎来八方客，瑶琴驱散云和烟。

朝阳踏祥云，辉映响水观；
老街老屋老作坊，新区新貌新家园。

啊！
都说江南风光好，这里四季都壮观；
好山好水好去处，情深意浓大黑山。

注：秦咏诚曲。

东方安宁

东方有一座美丽的山城，风雨百年却依然年轻；
高耸的国门是她的胸徽，胸徽上闪耀着中国东宁。

啊，东宁！东方安宁！
这是世代不变的祝愿，这是祖国永远的心声。
来吧，亲爱的朋友，欢迎你到东宁来！
品一杯清醇的冰酒，听一回绿色的涛声。

东方有一座美丽的山城，风雨百年却依然年轻；
真诚的笑脸是她的名片，名片上绽放着中国东宁。

啊，东宁，东方安宁！
这是世代不变的祝愿，这是祖国永远的心声。
来吧，亲爱的朋友，欢迎你到东宁来！
看一眼边疆的美丽，醉一回邻国的风情。

注：东宁为黑龙江省东宁县，是我国连通俄罗斯的重要陆路口岸。

美丽的丹东

浓浓一江绿水，
巍巍一座山峰；
流光溢彩的丹东，
是最美丽的边城！

朝霞映断桥，虎跃古长城；
银杏迎客来，凤舞杜鹃红。

滨海路上，
板栗飘香游人笑；
产业园里，
商贾汇聚天下情。

啊，美丽的丹东！
你有说不完的故事，
你有看不够的美景！

家

都把家说成是啥，
其实家它就是家；
祖祖辈辈一条根，
走到哪都牵着它。

小家亲人心连心，
大家怀里抱小家；
外面的世界很精彩，
却不如回到自己家。

忘了东和西啊，
忘不了家在哪！
就是化做一抔土，
也要撒在家脚下！

扬州吟

一条大运河，
扬州城里过；
一曲春江花月夜，
醉了人间三月歌。

都说江南好，
扬州故事多；
老城妩媚甲天下，
新区更婀娜。

梦里诗作画，
拂柳荡清波；
二十四桥手牵手，
留下千年飘香墨。

月影依稀在，
朝霞红似火；
大船飞渡通五洲，
琼花迎宾客。

三江抱大海

长鼓敲起来，彩裙转起来；
天池酿出迎宾酒，香飘国门外。

装扮大东北，搭起大舞台；
青山绿水风光好，三江抱大海。

大格局，大气派，
大通道，大豪迈；
五彩缤纷大文章，
醉红满山金达莱！

注：2009年，欣闻国务院正式批复了《中国图们江区域合作开发规划纲要–以长吉图为开发开放先导区》，将长吉图先导区定位为我国延龙图的开放前沿，这标志着长吉图开发开放已由地方战略正式上升为国家战略。延边的朋友要我写两首歌，浮想联翩，夜不能寐，一气呵出，以表心愿。

起锚在东北港

我站在雄鸡报晓的东方，
俯瞰着气势磅礴的北疆。
祥云在长白山头缭绕，
金达莱在春风里绽放。

客从远方来，携手在图们江；
大船通四海，起锚在东北港。

啊！
这是一幅五彩的画卷，
这是一曲华美的乐章！
百年机遇，为了沿边通畅；
宏伟蓝图，筑就世纪辉煌。

壮丽的东北亚，雄伟的东北港。
我为你自豪，我为你歌唱！

养育我的地方

养育了我的地方，是我可爱的家乡。
怀抱着家乡的土地，是祖国温暖的胸膛。

多少次疾风暴雨，风雨中你更加坚强；
多少回灾患磨难，患难后你更加辉煌。

啊，我可爱的家乡！
你是我生命的根，是我永恒的天堂！

离开你的时候，日思夜想；
亲近你的时候，充满力量。

那一缕缕情丝，愈久愈长；
那一份份依恋，地老天荒！

天下第一景

中国有一座冰雪城，城里有天下第一景；
冰雪雕琢的大世界，好似一座水晶宫。

嫦娥迎远客，飞船游太空；
欧洲风情园，雄伟古长城。
卖火柴的小姑娘，手里捧着一点红；
穿兜兜的俏哪吒，骑着大海戏蛟龙。

天上的故事人间的爱，
人和天有同样的情；
古老的传说眼前的美，
古和今有同样的梦。

好一派玲珑剔透，真的是鬼斧神工；
虽说是数九寒天，却忘了喊一声冷！
蓦回首，那看灯的人，也是一道好风景。

我的北大荒

啊，我的北大荒！
多少回梦幻里把你回想，多少回月光下把你眺望！
还记得那黑油油的土地，忘不了那白皑皑的雪乡；
还有那跑了调的歌声，在寒风里飘荡。

终于又回到北大荒！
带着放大的老照片，却看不见我牵挂的小村庄。
一幢幢红瓦，一排排绿杨；
一张张笑脸，一条条希望。

四十年前的地窨子，矗立着现代化的加工厂。
真的是天翻地覆，真的是岁月沧桑。
当年的老知青，声音震天响；
这就是咱新的家，这就是今天的北大荒。
四十年后你再来，这里一定更辉煌！

放歌松花江

站在太阳岛上，放歌松花江。
一曲天上人间，引来百鸟朝阳。
啊，美丽的太阳岛，迷人的松花江！
一排排垂柳，一阵阵花香。
朝霞映绿瓦，流水绕红墙。
大格局，大自在；大自在写出大文章！
看明天！
珠光溢彩，人间天堂！

站在太阳岛上，放歌松花江。
一曲天上人间，引来百鸟朝阳。
啊，美丽的生态园，迷人的好风光！
一片片浓绿，一簇簇希望。
天鹅迎远客，游船伴鸳鸯。
大豪迈，大气派；大气派演出大辉煌！
看明天！
展翅腾飞，壮哉龙江！

湿地圆舞曲

车水马龙的城市，
身边有一片湿地；
天鹅在这里徜徉，
绿色摇曳着美丽。

一道道风景，
一湾湾新奇；
一阵阵花香，
一声声鸟语。

湿地给城市送去清爽，
城市把湿地带进梦里。
好一处百鸟乐园，
好一片诗情画意。
相约湿地，
永远等你！

冰城美

冰城美，美呀美！
美在天，美在水；丁香摇曳多妩媚。
歌也美，曲也美，人更美。
（白）
“中央大街流光溢彩大桥通南北，
松花江畔啤酒飘香咋喝也不醉；
蓝天下看湿地处处有神奇，
天鹅展翅鸳鸯对对戏绿水。”

冰城美，美呀美！
美在心，美在嘴；风景惹得游人醉。
想也美，笑也美，梦更美。
（白）
“亚布力的滑雪场上人在空中飞，
太阳岛上冰灯雪雕那叫美之最；
看那新路新桥新城新天地，
内环外环环环出了大东北。”

美丽的黑龙江

一群美丽的天鹅，飞落在辽阔的东方；
一条黑色的巨龙，守护着富饶的北疆。

啊，黑龙江！
你气势磅礴，养育着希望；
你历经磨难，迎来了辉煌。

老基地，新景象，
生态园，大粮仓。
冰雪迎来天下客，
路桥环绕绿长廊。

蓝图绘愿景，梧桐引凤凰；
青山摇林海，碧水抱城乡。

看不够啊，美呀美！
美丽的黑龙江！

太阳照亮了草原

太阳照亮了草原，
雄鹰飞翔在蓝天；
羊群像飘落的白云，
远方传来悠长的呼唤。

贺兰山下，唱一曲昭君出塞；
响沙湾里，听一回成吉思汗。
举起金杯，斟满银盏；
美酒香大漠，奶茶醉心田。

啊，看那——
长风起舞！
壮哉！
迷人的草原！

家是一生的牵挂

人人都有一个家，
家是一生的牵挂。
人在家的怀抱里，
心在家的屋檐下。

在外纵有千般好，
忘不了的却是家；
五彩缤纷大世界，
家的感觉最奢华。

家是根，
没了根就没了家；
家是天，
风雨再大也不怕。
千家万家抱成团，
那就是咱的大中华！

天佑华夏

银杏树是大连永清寺的镇寺之宝，植于“伪满”康德年间。承日月之精华，受香火之供奉，绿荫灵动，如凤临风，为古寺一德。公元一九六六年始，神州动荡，寺院遭劫。百年灵树，斧锯凌身，惨失荣华。幸苍天佐佑，民性慈善，虽枯木残枝，亦精心呵护。历二十八载，庆太平，迎高僧，枯树逢春，枝繁叶茂，竟育出极品香茗，誉满天下，实乃人间神话！

婷婷玉树，酽酽奇葩；
凤冠霞帔，人间神话。

是生命的呼唤，二十八载枯木迎駕；
是盛世的吉祥，百年风雨厚土育华。

一簇簇翠绿绽秀，一片片禅叶护花。
欣逢好时节，岁岁发新芽。
啊！
日月钟灵，天佑华夏！

为祖国祈祷

每一个新年的夜晚，
我都会为祖国祈祷；
那辞旧迎新的钟声，
把我的心音送上九霄。

我祈祷祖国富强，
我祈祷家家欢笑；
我祝愿亲人平安，
我祝愿好人好报。

啊！
为祖国祈福，为亲人祷告！
爱的天使，把我拥抱！

健康是福

健康是福——
健康是福——
用我们的爱，
拥抱明天的希望；
用我们的心，
温暖灿烂的日出。

我们把真诚融进大地，
我们把辉煌化作祝福。
一步一个脚印，
一生一世呵护。

啊！
这就是我们的梦，
这就是我们的路！
同心同德，
龙翔凤翥！

我爱你每一个清晨

每一个清新的黎明，我都会离开家门。
城市还在睡觉，星星伴我除尘。
啊，美丽的家园！
我爱你每一个角落，我爱你每一条绿荫！
洒下辛劳的汗水，把快乐送给路人。

每一个平静的黎明，我都会擦去睡痕。
家人还在梦里，轻轻走出温馨。
啊，美丽的家园！
我爱你每一个广场，我爱你每一个清晨！
带着舒心的微笑，把祝福送给路人。

看哪！
一轮火红的朝阳，
照亮了万象更新！

天下第一县

三千年悠悠沧桑，

写下了息县这天下第一的酣畅；

三千年岁岁如歌，

弘扬着中原这古老大地的辉煌。

息夫人厚德垂千古，

苏东坡把酒墨留香；

抗强暴国破山河在，

定乾坤热血撒疆场。

神奇的土地，养育了不屈的儿女；

不屈的儿女，擎起了明天的希望。

啊！

生生不息的土地，

继往开来的乐章。

看东方，

流光溢彩的朝霞，

拥抱着火红的太阳！

三千年悠悠沧桑，

写下了息县这天下第一的酣畅；

三千年岁岁如歌，
弘扬着中原这古老大地的辉煌。
村落里稻花香满坡，
锦盘上碧玉情绵长；
九清泉酿成九溪水，
三瀑布飞踏三潭浪。
美丽的传说，留下了美丽的故事；
美丽的故事，传颂着醉人的畅想。

啊！
生生不息的土地，
继往开来的乐章。
看东方，
流光溢彩的朝霞，
拥抱着火红的太阳！

海南是我家

打开大地图，
不知道家在哪？
爸爸告诉我，
家在天之涯。

万泉河水荡清波，
五指山峰美如画；
椰子树下两相望，
清水湾里听神话。

东山羊，加积鸭；
海之角，天之涯。

啊……
说不完的美景，
鲜不够的鱼虾。
中国大海南，
就是我的家！

用心祈祷

太阳升起的时候，我向着东方祈祷；
无论我身在何处，我都会用心祷告。
我祈盼祖国繁荣，我祝愿天下友好；
让祖国永远富强，让人民平安福报。

皓月当空的时候，我向着苍天祈祷；
无论是阴晴圆缺，我都会虔诚祷告。
我祈盼风调雨顺，我祝福家家欢笑；
让世界远离灾难，让人民健康到老。

祖国啊！
我是你的儿女，你是我的依靠！
我永远为你祝福，我永远为你祈祷！

塞外枝头第一鲜

大樱桃红，大樱桃甜；
大樱桃红透了开怀的笑，
大樱桃甜醉了大连的山。

巧手栽下摇钱树，珍珠玛瑙连成串；
中国大连大樱桃，天下闻名摘金匾。

大樱桃红，大樱桃甜；
大樱桃红透了梦里的歌，
大樱桃甜醉了大连的湾。

青山绿水红灯笼，勤劳装扮新家园；
中国大连大樱桃，塞外枝头第一鲜。

注：“古城春果第一枝，金州樱桃甲天下。”大连的樱桃个头大、味道甜，最大的单果重达二十几克。2007 年，大连金州的大樱桃拿到了中国地理标志证明商标，2009 年大连旅顺口区又摘得“中国大樱桃之乡”牌匾。

第三篇

孝道篇

颂歌

母爱如海，父爱如山；
生我抚我，劬劳百年。

母爱如地，父爱如天；
鞠我育我，恩德无边。

母爱丝丝，父爱绵绵；
家训教正，恒久永远。

母爱亲亲，父爱琰琰；
昊天罔极，刻骨铭鉴！

父　亲

父亲是一首老歌，
我是他的开心果。
他给了我善良的灵魂，
也给了我五彩的欢乐。

站在父亲的大手里咿呀学语，
骑在父亲的肩膀上放飞白鸽。
高兴的时候父亲和我一起乐，
一把花生我吃，二两烧酒他喝。

放学回来，父亲跟我学功课；
上班以后，父亲为我做参谋。
过不去的沟坎解不开的扣儿，
父亲他总能想出办法帮上我。

我的第一根胡须父亲摸了又摸，
他的白发我拔净了新长的更多；
我比父亲高出有半个拳头，
可他却总喜欢跟我比大个。

我和父亲拍过无数次手心，
父亲对我有过无数次承诺：
千年不改，我的父亲永远是他，
万年不变，他的儿子永远是我。

母 亲

母亲住在乡下，
从小到大，
她就管着我和弟妹，
管着我们全家。

淘气时挨过母亲的打，
学习不好挨过母亲的罚；
她让我一遍又一遍地抄书本，
抄那些她看不懂的横竖撇捺。

那时候心里抱怨，
盼着快一点长大。
终于长出了翅膀，
离开了熟悉的家；
带着母亲的唠叨，
还有她抓不住的牵挂。

工作留在了城里，
很快就有了小家。

守护着妻子十个月的艰辛，
我梦见了远方辛劳的妈妈。

啊！
不当家不知道柴米油盐是大事，
不养儿不知道养育恩情比天大。
一声呼喊，两行热泪。
妈妈，亲爱的妈妈！
我已经长大！

把欢声笑语送回家

打一个电话，叫一声爸妈；
问一句冷暖，说几句牵挂。

父母不在身边，年节才能回家；
别让老人惦记，别把亲人忘啦！

尽孝心不都是给钱买东西，
老人盼的是和儿女说说话；
不常在父母身边尽孝道，
那就把欢声笑语送回家。

老爸！
老妈！
要上班啦，
明天再打！

生日祝愿

年年我生日那一天，
我都会把蜡烛点燃；
祝愿我亲爱的妈妈，
身体健康，快乐平安。

生我的时候是妈妈的劫难，
天地之间妈妈如凤凰涅槃。
她给了我生命，
给了我做人的肝胆；
她给了我至爱，
给了我圣洁的光环。

唱一支歌，许一个愿。
让我八十岁时也有妈喊！
为妈妈祈祷：
福如东海，寿比南山！

天下父母亲

为人都是父母生，
眨眼也做父母亲；
世上儿女千千万，
天下父母一条心。

盼儿好，早成人；
养育情，百世恩。
看不够的想，
念不够的亲；
就是闭上眼睛含着笑，
泪花里也有牵挂的人。

啊！
普天下的父母啊！
你们的厚德，
与天地同存！

孝行天下　人间正道

都说养育恩情比天高，
做儿女的要尽孝道；
别忘了你也要成家，
有一天也会走到老。

都说天下父母一条心，
全盼望着儿女们好；
别忘了你从哪里来，
多少人为你付辛劳。

都说万物生长靠太阳，
地球母亲的恩情高；
别忘了亲近山和水，
大自然喜欢你拥抱。

别忘了感恩，别丢了孝道；
孝行天下，人间正道！

问自己

老人不在的时候，问自己有没有悔；
想起孝道的时候，看手里有没有愧。

你为老人洗过几次脚？
你给老人盖过几回被？
你陪老人说过几次话？
你为老人端过几回水？

子欲养时亲不待，那是几千年的悔；
亲不在时想起孝，那是一辈子的愧！

千万别留下悔，千万别抱着愧；
别留下割不断的痛，别留下洒不完的泪。

老人不在的时候，问自己有没有悔；
想起孝道的时候，看手里有没有愧。

你为老人搓过几次澡？
你给老人抓过几回背？

你陪老人吃过几次饭？
你为老人揉过几回腿？

子尽孝时亲含慰，那是几千年的美；
亲不在时天无怨，那是一辈子的酹！

千万别留下悔，千万别抱着愧；
别留下割不断的痛，别留下洒不完的泪。

注：刘锡泰曲　歌曲获2012年中国社会音乐研究会主办的全国群众歌曲创作金奖

孝感天地，人间正道

中国人交朋友先要看对父母好不好，
不孝敬老人名气再大也不能和他交；
爹娘的养育恩情他都能扔到大街上，
朋友的分量在他手里还不如一棵草。

人最根本的是对老人尽孝道，
几千年改了啥也没改这一条。
想一想父母把你养大多艰难，
做儿女的有什么理由不回报。

眼睛别总是盯着钱，
良心可千万别丢掉；
交朋友一定要找孝子，
孝感天地，人间正道！

中华美德

中国古老的殿堂里，
刻着一句不老的话：
敬天敬地敬祖宗，
先要敬好爹和妈。

百善孝为先，
养育恩情大；
没有父母哪有你，
没有爹妈哪有家。

羔羊跪乳人称颂，
飞鸦反哺成佳话；
一份孝心一份爱，
中华美德传天下！

啊！
一份孝心一份爱，
中华美德传天下！

电话里的妈妈

不小心打错了电话，
电话那头是一位妈妈。
她以为我是她儿子，
说一直在等我电话。
还未等我说对不起，
就问我啥时候能回家。
她不停地说，
我插不上话。
突然她哭出了声，
说做梦把儿子丢了。
我放不下电话，
流着眼泪陪她。
普天下的儿女啊，
别忘了给老人报一声平安，
别忘了家中惦记你的妈妈。

望儿山

望儿山，望儿山。

慈母望儿归，伫立在海边。

夫不在，儿依恋；

盼儿好，省吃穿。

只手擎日月，劳苦十八年；

送儿去寻梦，隔海千里远；

归期空对月，望儿眼欲穿。

一天又一天，

一年又一年。

眼泪汇成了河，

慈母化成了山。

不知道儿已葬大海，

山有灵翘首盼儿还。

啊，望儿山，望儿山！

千年万年，慈母爱，永不变！

第四篇

豪情篇

飞向金色的太阳

迎着霞光，千万朵葵花向着东方；
张开双臂，擎起一轮火红的朝阳。

脚踏着坚实的大地，
头顶着蔚蓝的畅想。
我们是祖国的未来，
肩负着民族的希望。

学海泛舟，知识给我们力量；
厚德载物，继承先辈的辉煌。
坚定信念，追求理想；
健康体魄，驭风踏浪。

架起绚丽的彩虹，
腾飞理想的翅膀；
拥抱美好的未来，
飞向金色的太阳！

咱们头上是青天

身披一身乡土，头顶一片蓝天。
俺是一个农民，来到城里挣钱。

凭的是：
一身力气两只手，抖开膀子腰不弯。
千家留下我的笑，星星都说认识咱。
扛起连环立交桥，树起摩天大楼盘；
汗水送走春夏秋，左肩累了换右肩。

说实话：
夜里想家流过泪，心肠再硬也得软；
为了过上好日子，酸甜苦辣都能咽。
要说有啥放不下，就怕亲人总惦念；
梦里长出金翅膀，飞到家里报平安。

太阳照得心头暖，咱们头上是青天；
年轻不怕苦和累，幸福生活在明天！

新农村建设者之歌

远离了城市的拥挤，
告别了灯红酒绿。
到农村去，到农村去！
农村是建设者新的天地。

修一条不再颠簸的大路，
连接上通向世界的神奇；
建一座现代化的科技园，
让离乡的游子回家团聚。

城市里不会有农村，
农村如今却像城市。
蓝天下青山绿水风光好，
引来姑娘和小伙攀亲戚。

农民富裕，中国才算真富裕；
农业发展，中国才能有底气。
建设咱自己喜欢的新农村，
工人和农民永远是好兄弟。

永远的辉煌

听老师说，长征是人类惊天动地的乐章，
是中国人，永远的丰碑气吞山河的绝唱；
征程万里，走出了一条连着彩虹的大路，
雄鸡报晓，古老的华夏升起火红的太阳。

我在地图上滑过雪山，我在词典里翻越洪荒，
我在睡梦中咀嚼草根，我在烛光下聆听悲壮。
十八座山峰低头，六百里草地退让；
纵横两万五千里，跨过二十四条江。

一路走来，看十里长街华灯绽放；
星光灿烂，听万里神州恢弘交响。
啊！长征，你是永远的丰碑！
啊！长征，你是永远的辉煌！

同一个心愿

春风染绿了大地，
流水依恋着青山；
世界期盼着和平，
科学引领着发展。

百鸟朝凤，渔舟唱晚；
自强不息，国泰民安。

啊！
这是人类祖先的梦想，
这是未来文明的呼唤。
五千年辉煌大中国，
跨进了历史新纪元。

生机勃发，山川大地春潮扑面；
宏伟蓝图，绿色家园阳光灿烂。
我们有同一个理想，
我们有同一个心愿！

锣鼓敲醉了秧歌，鲜花映衬着笑脸；
城市走进了农村，智慧构建着明天。

厚德载物，大道自然；
琴瑟齐鸣，和谐家园。

啊！
这是天下儿女的梦想，
这是万物苍生的呼唤。
十三亿勤劳中国人，
屹立在东方天地间。

科学发展，高新园区气象万千；
深海码头，巨轮出海踏浪扬帆。
我们有同一个理想，
我们有同一个心愿！

人间正气傲苍穹

山河咽，天地恸，
大难降神州；
心连心，肩并肩，
中华抗灾寇！

告别倒下的亲人，
我们手拉着手；
挥去飘洒的眼泪，
我们高昂起头。
敲响希望的圣钟，
让心脏坚强地跳动；
点燃生命的火炬，
共筑起意志的长城。

啊……
大爱无疆，颂歌一曲贯长空；
霞光万道，人间正气傲苍穹！

我们是共和国的金算盘

我们是中国财政的理财员，
肩负着为政府管家的重担；
庄严的国徽在心中闪耀，
神圣的使命赋予我们尊严。
优化配置，关注重点，
改善民生，依法把关。
我们为大决断献计献策，
我们为老百姓排忧解难。

我们是中国财政的理财员，
肩负着为政府管家的重担；
庄严的国徽在心中闪耀，
神圣的使命赋予我们尊严。
科学民主，平衡发展，
保障服务，开创局面。
我们是人民的忠实公仆，
我们是共和国的金算盘。

北方情

北方的黑土地吆，
养育了北方女人的情和义；
北方的暴风雪吆，
练就了北方男人的筋骨气。

火热的胸膛抱三九，
吼出的号子撼天地；
寒风里姑娘俏小伙，
雪地上秧歌扭新奇。

一碗烈酒一团火，
一腔热血一壮丽；
浩荡东风扑面来，
人比春天走得急。

工字歌

头顶着天，脚踏着地，
挺直的脊梁千钧力；
肩扛着风，手拂着雨，
抖出的精神有豪气。

大桥跨江流，
巨轮鸣远笛；
荒原竖高塔，
钻井探神奇。

一颗颗红心，
温暖着万家祥和；
一双双臂膀，
簇拥着太阳升起。

嘿！
认识了工字就认识了你，
中国工人，
顶天立地！

中国心愿

经历过多少坎坷，我们走到了今天；
跨过了多少苦难，我们扬起了尊严。
忘不了国土沦丧的屈辱，
还记得野蛮强盗的凶残。

在血与火的废墟上，奋勇站起的中国，
像一条巨龙，腾飞在九天！
啊，中国！
你让世界看见了辉煌，
看见了一个民族的灿烂。

滚滚长江，巍峨泰山，
煌煌中华，恢弘诗篇。
我们祈祷，祈祷世界永远美好；
我们祝福，祝福世界永远平安。

注：刘官祎曲。2011年7月获全国群众歌曲创作比赛金奖，作品发表在2012《歌曲》第五期上。

警察誓言

擎起一片天，
肩挑千斤担。
心中装着老百姓，
无私做奉献。
为的是万家祥和，
保的是一方平安；
人民需要时，
警察永远在身边。

脚踏热土地，
手握正义剑。
胸中自有豪情在，
风雨沥肝胆。
为的是惩恶扬善，
保的是和谐家园；
祖国需要时，
警察永远听召唤。

我们是扬帆的风

——企业歌曲

我们是扬帆的风，
我们是腾飞的龙。
理想在远方呼唤，
希望在我们手中。
千里沃土撒甘甜，
大江南北跨彩虹。

用我们的爱，
温暖每一次感动；
用我们的心，
拥抱每一个黎明。
前进，前进，
攀登，攀登，
为了明天，
永远成功。

我们是农民的好兄弟

——企业歌曲

我们是东方的骄傲，我们是农民的好兄弟。
蓝天下舒展辉煌，大地上播撒神奇。
千里沃土育金黄，江南塞北绣壮丽。
用我们的爱，温暖每一次感动；
用我们的心，拥抱每一片土地。

我们是祖国的儿女，我们是农民的后裔。
荒原上谱写乐章，田野里创造奇迹。
千家万户喜盈门，丰年日子甜如蜜。
用我们的爱，捧起每一个盼望；
用我们的心，呵护每一片新绿。

让农民富起来，这是我们真诚的祝愿；
让中国富起来，这是我们永远的创意！

拥抱生命的太阳

——运动之歌

火炬点燃了渴望，
照亮了同一个梦想；
五色的云蒸霞蔚，
环绕在古老的殿堂。

激情在生命里演绎图腾，
自由在天地间舞蹈翱翔。
让汗水洗去不屈的泪水，
让苍穹刻满永恒的坚强。

啊，自由！啊，梦想！
啊，坚强！啊，辉煌！

扬起意志的风帆，
拥抱生命的太阳！

起来，中国足球

起来，中国足球！
十三亿中国人就站在你身后；
起来，中国足球！
所有的铁杆球迷都为你加油。

跌倒站起来，输了魂别丢；
憋足一口气，凌空狮子吼！

我们为进攻疯狂，
我们为进球欢呼。
绿茵场哪吒闹大海，
蓝天下眼睛喷火球。

射门是真功夫，
快雄起你的头。
起来，快起来，
中-国-足-球！

军旗飘飘，军徽闪闪

八一军旗辉映蓝天，
八一铁流滚滚向前。
陆海空全军将士，
扛起了共和国的重担。

救援！
　　救援！
　　　　救援！

一颗颗红星照亮了希望，
一双双手臂擎起了呼唤.
用生命护卫着生命，
军队和人民血肉相连。

军旗飘飘，军徽闪闪；
人民军队爱人民，
巍峨长城新画卷。

挺过去才能有神话

老辈人常说一句话：
遇到难事就咬紧牙，
世上没有过不去的坎，
挺起胸膛别害怕。

山崩地裂水连天，
中国人咬牙没倒下；
扛着艰难搞发展，
看现在的中国多强大。

灾难临头躲不过，
咬紧牙关就压不垮；
太阳不会从西边来，
挺过去才能有神话。

中国人就是中国人，
顶天立地，擎起华夏！

登山歌

走啊，朋友！
登山去！
背一身阳光，
看一路心情。
向上，向上！
快乐在山顶！

走啊，朋友！
登山去！
走一身痛快，
呼一口轻松。
向上，向上！
风光在怀中！

啦啦啦！
山不在高，只要去登；
拥抱健康，永远年轻！

正气歌

朋友你抬起头，请站到我身后。
让我面对危险，擒住贪婪的黑手。
啊，亲爱的朋友！
灾难时刻，我挡在前面送你走；
生死关头，我和你一起去拼斗。
见义勇为一腔血，天地之间一声吼。
要问我想的是什么，我想的是良心不能丢！

我是普通公民，正义在我心头。
舍身报答养育恩，豪情化作大江流。
啊，亲爱的祖国！
扬起尊严，无数双臂膀壮神州，
英雄含笑，鲜红的绶带织锦绣。
中华美德五千年，肝胆照人一杯酒。
要问我图的是什么，我图的是豪气写春秋！

第五篇

感怀篇

落　叶

西风吹来霜满园，
告别枝头意缠绵；
相依相守情意浓，
难舍难分一生缘。

春天护花遮风雨，
盛夏擎起艳阳天；
秋季迎来果飘香，
寒冬围绕树根眠。

飘啊飘啊飘啊飘，
无怨无悔也无憾；
悄然落地化作泥，
育出新绿满人间。

母亲河

家乡有一条小河，
绕着大山波连波。
我在她怀里长大，
她是我的母亲河。

啊，母亲河啊母亲河！

白桦林为你护航，
布谷鸟为你欢歌。
你给了我绿色的童年，
还有那不回头的性格。

你流向远方，
融进了民族的血脉；
你润泽大地，
养育着我可爱的祖国。

守　望

——电视台歌曲

轻轻地我走来，
守望在你身旁。
我的每一次感动，
都和你顾盼相望；
你的每一次期待，
都让我终生难忘。

珍藏着你的故事，
触摸着你的梦想。
看转播塔下，
万家祥和；
听城乡沃野，
豪情激荡。

我们手牵着手，
憧憬明天，
走向辉煌！

月儿弯弯，月亮圆圆

月儿弯弯，月亮圆圆；
弯弯圆圆，相随相伴。
千里万里跟我走啊！
海角天涯，人不孤单。

越过沟沟，越过坎坎；
回到家中，抱着团圆。
月亮怀里甜甜地醉，
灯笼羞得，红透了脸。

同心结结，同心圆圆；
明月化作，阖家美满。
爆竹声里浓浓的情，
春回大地，福满人间！

好女如玉，好女如冰

都说是女人似水千般情，
红尘里好女如玉晶如冰。
善良在你怀里舒展，
母爱在你心中永恒。
你深藏起羞涩和缠绵，
把柔弱凝聚成了坚硬。
啊！
好女如玉，好女如冰；
冰清玉洁，美丽晶莹！

憧憬在你怀里舒展，
希望在你心中永恒。
你期待着炽热的火焰，
把生命托付给了春风。
啊！
好女如玉，好女如冰；
冰清玉洁，美丽晶莹！

雪　花

下～雪～啦！

下～雪～啦！

晶莹的雪花，悄悄地落下；

温暖的山村，甜甜地睡啦。

你从天宫里归来，大地是你的娘家；

等你的那盏灯笼，为你摇曳着红纱。

你落在枝头，春天化作满园盛开的梨花；

你飘进梦里，农家飞来长着翅膀的金娃。

你就像丰年的使者，把喜庆送给了华夏。

你情系山川，把冬天装扮成美丽的童话；

你融进田野，寒风里呵护着生命的娇芽。

你就像无韵的乐章，把天籁在人间挥洒。

啊，雪花，晶莹的雪花！

年年岁岁，扬扬洒洒，

天地交融，洁白无瑕。

春　歌

东风暖，雨丝甜；
布谷鸟，声声唤。
又是一年好风景，
良田沃土迎笑脸。

草色绿，柳叶鲜；
阳光好，醉牡丹。
家乡风景美如画，
幸福生活万万年。

夏 颂

工地是一团烈火，
希望在心里头热；
池塘送过来荷香，
汗水滴落给绿色。

盛夏肩挑着春秋，
城乡有同一支歌。
画笔描绘着明天，
五谷摇醉了山河！

秋　实

枫叶眷恋着秋阳，
大地流淌着金黄；
那沉甸甸的喜悦，
辉映在国徽两旁。

鱼虾肥，牛羊壮，
菊香伴着桂花香。
农家举杯庆丰收，
抖起精神奔富强。

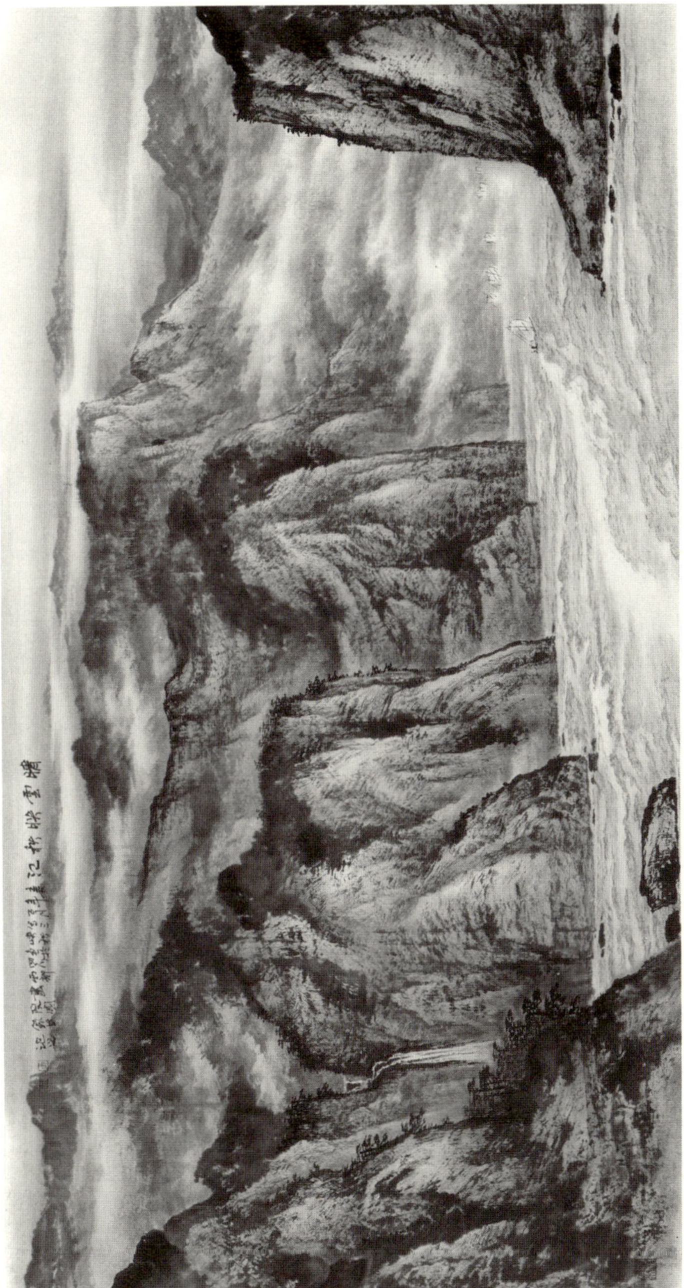

《晴云映秋江》
画家黄国铭

冬 韵

瑞雪落田垄，
喜鹊枝头闹；
山河壮丽入画来，
农家儿女娇。

剪一窗祥和喜庆，
唱一首舒心歌谣；
日子红火心里美，
丰年迎着雪花笑。

小 路

家乡的小路，像一条飘带；
一头系在山里，一头飘到山外。
山里没有书桌，上学要到山外。
太阳和月亮，就挂在小路两边。

考上大学，离开了大山；
月亮给小路捎去了平安。
多少次心绪飞到大山下，
多少回小路绕着我缠绵。

大山还是那座大山，千年不会改变；
小路还挂在山腰，睡梦里正在变宽。
大山回荡着我对她说过的一句话：
等我回来，山里是我永远的校园。
声声入耳，小路传来悠长的呼唤。

老照片

翻看着老照片，
眼前涌起云和烟。
人生多少追忆事，
清清楚楚在眼前。
儿女情，两相恋，
风雨携手共百年。
绘蓝图，同心愿，
桃李芬芳映笑脸。

旧宅基上起高楼，
小巷深处建乐园。
一腔豪迈染白发，
坦坦荡荡天地间。

啊，泛黄的老照片！
你是生命的色彩，
你是永远的思念！

我是一朵白云

我是一朵白云，大地是我的母亲。
风把我吹来吹去，我看见了母亲的伤痕。

黄沙吞噬着绿野，烟霾笼罩着森林；
溪流停止了歌唱，热浪滚动着红尘。
母亲裸露的胸膛，发出痛苦的呻吟。

啊，母亲！
我可怜的大地母亲！
我为你哭泣，我为你伤心。
让我用眼泪为你洗去忧伤，
润湿你干裂的嘴唇。

我是一朵白云，
一朵会流泪的白云……

树 挂

是冬天的精灵在枝头上垂挂，
是冷暖的情丝在天地间挥洒。
不是寒冰，不是雪花，
晶莹神妙，素淡清雅。

一层层朦胧，一缈缈轻纱。
雾里看凇，梦里看画。
客从凡尘来，回首成仙家。

你听，你听！
有天宫的环佩，
在耳边，在东方，
舞起朝霞。

注：“树挂”是“雾凇”的俗称，在北方常见，是一种冰雪美景。

沙　画

一缕细细的沙，在指尖上挥洒，
是心灵的倾诉，染成了一幅画。
疑似水墨丹青，雪落红墙绿瓦，
花儿开了谢了，月亮升起落下。

左手拨动着江南烟雨，
右手触摸着塞北神话。
大漠托孤烟，晨钟送晚霞，
听流水缠绵，看小桥人家。

醉了，醉了，
挥挥手，无痕无涯，
转回身，有画无沙。

注：沙画，即用沙子作画，是一门独特的艺术。它具有独特的表演魅力，能使现场观众进入梦幻般的意境，享受前所未有的视觉盛宴。沙画是写意的，写意就是自然的，自然的就是美的。

千年古莲花

一朵虔诚的古莲花，向月亮许下了心愿，
她要把美丽的莲子，送给千年后的人间。

千年等待，怀抱着馨香百代的庄严；
千年守候，迎来了今天五彩的光环。

啊，千年的古莲花！
你是幸福祥和的使者；
啊，圣洁的古莲花！
你是东方永远的灿烂！

注：上世纪初，在辽宁大连普兰店东郊发现的古莲子引起了世界植物界的轰动。中国、日本、美国和俄罗斯等国家的科学家相继对古莲子进行了研究实验，测定古莲子寿命在千年左右。特别令人称绝的是，古莲子经过培育仍然能够发芽开花。实为植物界的一大奇观。也正因为它的特殊性，2008 年 9 月，30 余枚千年古莲籽搭载“神七”飞船飞上了太空……

中秋月圆

因为你的美丽，
中秋的月亮最圆；
因为我的等待，
桂花的月饼更甜。
你也望月，我也望月；
天涯海角，今夜无眠。
你也眷恋，我也眷恋，
相思化作千里婵娟。

因为你的牵挂，
中秋的月色最暖；
因为我的思念，
心中的月亮更圆。
你也期盼，我也期盼，
天涯海角，今夜无眠；
你也祝愿，我也祝愿，
心愿化作福满人间。

注：潘兆和曲　廖昌永唱

再见，大连的大海

远远地来大连，只为了看大海；
今天我就要离去，却想着何时再来。

没看够金石滩的神奇，
忘不了旅顺口的豪迈；
还有那海之韵的浪漫，
相机里多了一幅风采。

挥一挥手，海风送我上站台；
难舍难离，海鸥飞到舷窗外。

再见，美丽的大连，
再见，大连的大海。
明年夏天，
我会再来！

春来了

春来了，
太阳比冬天起得早；
春来了，春来了！
绿色在枝头随风摇！
大山里传来泉水的叮咚，
田野里响起马达的喧闹。
春来了，春来了，
春天人也俏。

春来了，
舒心的展望挂眉梢；
春来了，春来了，
新鲜的忙碌开怀笑。
屋檐下飞来燕子的问候，
广场上唱起撩人的歌谣。
春来了，春来了，
春天梦也娇。

阳光满天下

一壶山泉水，
几杯清心茶。
闻香品甘甜，
妙语解困乏。

大千世界在身外，
一怀和气乾坤大。
心中若有明镜在，
陋室也能参神话。

听一曲天籁，
看一轮月华，
捧起好心情，
阳光满天下。

蒲公英

轻轻地一阵风，
遥遥地飞上了天空；
脚下是辽阔的大地，
远方有金色的梦。

啊！蒲公英，蒲公英！
你飞过小溪，
　越过山岭；
你飘过高楼，
　滑过田垅。
落到有泥土的地方，
让生命萌动。

来年的春风里，
一定有朵朵小花开放。
那就是你，那就是你！
美丽的蒲公英！

人小口气大

几个精灵小娃娃，
围着老汉说大话。
小手托着下巴腮，
就像麻雀斗嘴架。

一个想当大将军，
一个要做科学家，
一个琢磨飞上天，
一个比划钻地下。

造轮船，建高塔；
演电影，编童话。
石头山上栽大树，
沙漠里面种西瓜，
还要搞个大发明，
把地球变成一个家。

哈哈哈，哈哈哈，
老汉心里乐开了花！

微　笑

清晨的阳光真好，
鸟儿在枝头鸣叫；
擦肩而过的行人，
送给我一个微笑。

谢谢你陌生的朋友，
你为我驱散了烦恼；
和着你轻盈的脚步，
去把新的一天拥抱。

真诚感动着真诚，
微笑感染着微笑。
把爱留在心里，
生活永远美好！

来日方长

我们有同一个记忆，叫上山下乡；
我们有同一段经历，叫终生难忘。
我们是永远的知青，
来自祖国的四面八方。

悠悠西南风，
茫茫北大荒。
还记得善良的笑脸，
忘不了泥土的芳香。
岁月已流逝，歌声却还在耳边回响；
青春已燃烧，梦里却依然神采飞扬。

没有功利，只有理想；
十分真挚，一分悲壮。
那是财富，
让我们懂了人生，走向坚强。
看今朝，豪情犹在，
干一杯，来日方长！

珍贵的嫁妆

要出嫁的前一个晚上，爸妈把我叫到了身旁，
他们送我一幅老照片，让我挂在新家的墙上。

那是他们年轻时的合影，
背景是我没去过的北大荒。
爸爸扛着铁镐，妈妈拎着柳筐。
一副就要出征的神态，
脸上闪着青春的阳光。

无数次听过他们的故事，
心里早已经刻下了刚强。
那是他们珍藏的财富，
是我最珍贵的嫁妆。
将来我有了孩子，
我会把照片再传下去。
别忘了那个年代，
别忘了奋斗和理想。

秋冬印象

五色的深秋啊，
美的让人看不够！
枫叶红了，
杨柳黄了，
还有媚人的紫色，
也秀上了枝头。

秋阳里西风乍起，
月光下霜露含羞。
眨眨眼红黄蓝紫纷纷落去，
只留下不变的浓绿高昂着头。

一片片松柏，
一树树坚守，
为了秋天的庄严，
更为了冬天的尽头。
指点江山，
尽染风流。

海滨圆舞曲

月亮徜徉在海面，
亲吻着金色的港湾；
撩起晚风的轻柔，
舒展开海滨的浪漫。
一阵阵欢笑，一对对缠绵。
姑娘们翩跹起舞，
小伙子拨动着琴弦。

歌声飘荡在海面，
花香甜醉了港湾；
挽起心爱的伴侣，
舒展开生命的灿烂。
一幢幢灯火，一双双依恋。
看不够诗情画意，
憧憬着幸福的明天。

啊！
多么迷人的海滨，
多么迷人的夜晚！

第六篇

情缘篇

梦回校园

踏着月光，摇着斑斓，
又回到了熟悉的校园；
柳丝牵手，丁香拂面，
就好像又站在你面前。

晚风诉说着昨天的憧憬，
夜空镶满了永恒的顾盼；
树影下寻找成熟的朦胧，
小路上拾起岁月的珠串。

踏着月光，摇着斑斓，
又回到了熟悉的校园；
柳丝牵手，丁香拂面，
就好像又站在你面前。

依旧是相对无语的凝望，
离别时微笑着肝肠百转；
挥不去风雨相伴的思絮，
保存着藏在心底的祝愿。

身影融进了花丛，

笑声还挂在枝间；

揽一怀清风月色，

蓦回首灯火阑珊……

思　念

化作一只春蚕，
缠绵我对你的思念；
点燃一支红烛，
温暖着清冷的失眠。

笑声犹在，
却只能在梦里和你相见；
往事如水，
你是否还记得说过的诺言？

人海茫茫，
为何不见你的身影？
白云悠悠，
带着我无悔的梦幻。

期待有一天，
你又悄然回到了我身边；
相对已无语，
走向铺到天边的红地毯。

根

我是一棵小树，
大地是我的母亲。
我的每一片绿叶，
都饱含着厚土的深情；
我的每一次挺拔，
都离不开滋养我的树根！

我是炎黄子孙，
中国是我的灵魂。
我的每一次呼吸，
都萦绕着祖国的芳香；
我的每一回感动，
都忘不了我是中国人！

为了爱

山隔着山，海隔着海；
心连着心，爱连着爱。

聚散两依依，
割不断千般无奈；
生死情切切，
恨不能两小无猜。

人相对，咫尺天涯；
怨离别，痴心不改。
都说是大爱无言，
却不知心有天籁！

啊，为了爱！为了爱！
天地间有一条相思带！

醉在心里

远方思念的人啊，
你可知我在等你？
天上的白云啊，
可捎来你的归期？
我在痴痴等待，
等待着你的消息；
大雁双双归来，
却不知你在哪里。

永远为你祝福，
祝福你平安如意；
永远为你守候，
守候着你的美丽。
盛开的鲜花啊，
是我给你的嫁衣！
酿好的美酒啊，
早已经醉在心里！

秘 密

不经意的时候，
突然就爱上了你；
明知道你爱着别人，
可我却管不住自己。

白天想着你的可爱，
梦里读着你的甜蜜；
天尽头的那颗星星，
知道我心里的秘密。

我会永远为你祈祷，
我相信一定有来世；
你就像是一朵玫瑰，
永远盛开在我心里。

金石滩

一只大海龟，
爱上了金石滩。
潮涨潮落多少回，
故事就写在背上边。

千年是多长？
万年有多远？
千年万年多少回，
传说刻满了金石滩。

心向天，
许个愿，
金石滩总有金石缘。
心相知，
许个愿，
金石滩结下金石缘。

千年不改

远远地，
你向我走来。
虽然眼前是茫茫人海，
可我知道，我知道，
因为我的心跳在加快。

远远地，
你向我走来。
虽然看不见你的身影，
可我知道，我知道，
因为我的眼睛在等待。

月亮告诉我，
彩虹告诉我，
那就是我的缘，
那就是我的爱。
不见不散，
千年不改！

天长地久

松开紧握的手，退到了黄线后；
你挥一挥登机牌，消失在天尽头。

远方有你的梦，
我送你去追求。
不知道衣袖宽几许，
却在意燕子归来瘦；
别忘了家乡的山和水，
别忘了有人为你守候。
日升月落，天长地久！

不知道衣袖宽几许，
却在意燕子归来瘦；
别忘了家乡的山和水，
别忘了有人为你守候。
日升月落，天长地久！
日升月落，天长地久！

春　节

把一年的忙碌锁起来，
把一年的思念捧出来；
天南地北的中国人，
把回家的大路排成排。

远方的家里有团圆，
远方的家里有期待；
一年长出的生命果，
一定要回到家里摘。

年复一年，
情满四海；
春满人间，
馨香百代！

情满人间

月亮徜徉在海面，
秀发飘晕到天边；
远方传来古老的歌谣，
千里万里情思缠绵。

月是家乡明，
梦里醉婵娟；
人随波影动，
心在月中圆。

啊！
天地一色，
情满人间。

夫 妻

人生不容易，
夫妻是伴侣；
相亲相爱手牵手，
一路走到底。

不知道哪里有沟坎，
不知道何时来风雨；
就是梦中化作蝶，
也要做人间好夫妻。

热了有人擦把汗，
凉了有人披件衣；
再长的夜晚也不怕，
说啥都甜蜜。

人生不容易，
夫妻是伴侣；
相亲相爱手牵手，
一路走到底。

不知道前生都是谁，
不知道来世在哪里；
今生有缘同船渡，
这辈子就做好夫妻。

渴了有人递杯水，
病了有人心里急，
这世上除了爹和娘，
最爱是夫妻。

守 望

我愿做一颗星星，
守望在你的身旁；
你是皎洁的明月，
我和你辉映相望。

月圆的时候，
看不见星光；
月缺的时候，
我把夜空点亮。

守着你弯弯的美丽，
我送给你一轮希望；
再陪你一天天淡去，
年年岁岁，
地久天长！

妻　子

妻子是一条长长的线，
丈夫是风筝她心中牵。
阳光明媚的春风里，
她会把你放飞上天。

她知道你能飞多高，
她知道你能飞多远。
你什么时候回头看，
她都守望在家门前。

妻子是一本厚厚的书，
丈夫一辈子都读不完。
你高兴时她开怀笑；
你烦恼时她解心宽。

她知道你梦里的事，
她知道你的苦和甜。
你享尽儿女绕膝乐，
她让你一生有依恋。

给伊人

我有一首诗，写给我的伊人；
我不会谱曲，只能静静地藏在心里。
我有一首歌，唱给我的伊人；
歌声绕梁时，依稀知道是飘在梦里。

不知道什么时候，
就突然爱上了你；
说不出理由，
你让我中意。

啊！我美丽的伊人，
你可曾听见这首歌？
你可曾走进我梦里？
天上人间，
为你，只为你！

我的好丈夫

你是家里的半边天，我和孩子是另一半；
你是家里的主心骨，撑起了爱的油纸伞。

在家你是大男孩儿，出门你是钢铁汉；
为了过上好日子，你能挑起千斤担。

你是家里的顶梁柱，我和孩子是五彩线；
你是家里的红灯笼，照亮了爱的乌篷船。

在家你是甘泉水，出门你是一座山；
为了呵护这个家，你能擎起整个天。

啊，我的好丈夫！
遇见你是百年的福，
嫁给你是千年的缘！

我用一生告诉你

你问我为什么喜欢你，
你问我为什么不放弃。
因为爱你才喜欢你，
因为喜欢就不放弃。

想你的时候，
忘了天和地；
看见你的时候，
不知道东和西。

别再问我为什么，
我用一生告诉你！
别再问我为什么，
我用一生告诉你……

我想牵住你的手

我想牵住你的手，
十指连心紧相扣。
去看山，去看海，
在星光下慢慢地走。

我想牵住你的手，
十指连心紧相扣。
去看冬，去看夏，
在阳光里慢慢地走。

走啊走，
走啊走。
走进太阳，
走进月亮，
一直走到天尽头。

心在哨位上

脱下了迷彩军装，珍藏起八一徽章；
一步几回头啊，把军营带回了家乡！
当兵来的时候，睡梦里想爹娘；
今天就要回家，心却在哨位上。

一辈子兵一回啊，一辈子最难忘！
一辈子闯一回啊，一辈子最酣畅！
忘不了一二三四，空手也像握钢枪；
忘不了战友情深，天涯海角话衷肠。

啊！
咱当过兵的人，
不管走到哪儿，
都是一块钢！

永不忘记

爷爷在世的时候，
总挂念一件事：
年轻时用过朋友的钱，
还钱时朋友却没了踪迹。
年复一年，日复一日。
银元已成了古董，
却没有任何消息。

现在父亲交给了我，
叮嘱我千万别放弃。
找不到恩人的后代，
那就捐到学校去。
让更多人感恩那份情，
让更多人分享那份义。
代代相传，永不忘记。

回　家

年年除夕夜，家家盼团圆；
东西南北中，回家过大年。
我是一只风筝，在外漂了一年，
爸爸摇着线轴，妈妈牵着思念。
啊！回家啦！回～家！
家中有最浓的亲情，家中有最深的眷恋。
你看那天上的月亮，也融进了家的温暖。
啊！回家啦！回～家！

年年除夕夜，家家盼团圆；
东西南北中，回家过大年。
我是一只小鸟，飞过大海高山，
家乡向我招手，亲人把我呼唤。
啊！回家啦！回～家！
家中有祖辈的老根，家中有生命的绵延。
你看那大红的灯笼，也怀抱着爱的火焰。
啊！回家啦！回～家！

朋友是一杯淡淡的水

朋友是一杯淡淡的水，
饥渴时让你醉心扉；
朋友是一条长长的线，
迷途时为你牵南北。

喝过多少浓香茶，
忘不了真情一杯水；
走过多少坎坷路，
朋友的牵挂永相随。

得意时把酒喝彩都是殷勤恭维客，
失意时点燃蜡烛身边只有朋友陪。
你抱一轮明月，
我揽一怀清辉，
天地同歌，
月华如水。

爱人如己

爱人如爱己，
爱己更爱人。
人人有颗爱人心，
天下一家亲。

心有千千结，
有爱才是真，
真情画出同心圆，
和睦最温馨。

爱人，爱己；
爱己，爱人。
让世界撒满爱，
让人类心连心。

书法家魏恒斌《爱人如己》

第七篇

文化篇

轮　回

冬天来得早，春天不会远；
夏天走得急，接着是秋天。
小孩子他想长大，老一辈盼交好班；
甲子六十转一回，别给自己留遗憾。

太阳落下山，清晨升起来；
一弯新月亮，十五她就圆。
善恶都会结出果，冥冥之中有慧眼；
别忘父母养育恩，你的德行往下传。

天下的事啊，有因就有缘；
生活的路哇，有直也有弯。
一条路你往前走啊，
谁也走不出那个圈。

中国陶

一双泥手，捧起五彩斑斓的梦想；
一腔热血，染红千年古老的苍凉。
追风踏月，唤醒秦汉唐宋的魂魄；
披肝沥胆，筑就陶艺世界的辉煌！

生命在指尖上跳动，
釉色在烈火中绽放；
圣洁窑变成永恒，
涅槃升腾起希望。

一层层天真，一款款张扬，
一环环灵动，一尊尊酣畅。

啊，中国陶艺！
你是人间的瑰宝，
你是不落的太阳！

桃花源

中国古老的书山里，藏着一处桃花源。
青山绿水阡陌路，男耕女织桑榆晚。

窗含秦时月，春秋已千年；
鸡犬两相闻，逍遥在人间。

都说是天上神仙恋红尘，
却原来觅得桃花景色鲜；
享不尽安宁自在好日子，
乐融融丰衣足食太平宴。

啊！
那是东方的天堂，
那是梦中的乐园。
知否？知否？
有一条大船，
正开往桃花源！

圆 融

中国人聪明会看天，
大宇宙它就是一个圆；
太阳和月亮是两条鱼，
日夜不停在里边转。

一转出了二，
二化成了三；
三生万物无穷尽，
自然恢弘天地间。

飞鸟成双对，
绿水恋青山；
人在蓝天下，
相逢都是缘。

五彩的金木水火土，
养育着苍生薪火传。

紫色的火焰

北方的春天，昼夜温差大，白天阳光明媚，夜里春寒料峭。百花争春，丁香蓄蕾，待到春末夏近时，一夜间千树万树花蕾尽放，满城飘香，远看如紫色的火焰。

江南春色早，
北国春意寒；
千树万树紫丁香，
含苞惹人盼。

千千结，
心相连，
浓香透体不争艳；
雨丝丝，
情缠绵，
相拥相守迎春暖。
待到天宫御令来，
点燃枝头不夜天。

啊，丁香！
美丽的丁香！

你是北国的春潮，
你是紫色的火焰！

注：历代诗人都把丁香写成惆怅、哀怨、一颗愁心永远守候的模样。李商隐《代赠》诗中“芭蕉不展丁香结，同向春风各自愁”，李煜的《浣溪沙》：“青鸟不传云外信，丁香空结雨中愁。”陆龟蒙的“殷勤解却丁香结，纵放繁枝散诞春”，贺铸的“深恩纵似丁香结，难展芭蕉一寸心”，还有“雨中丁香结新蕾，听得吹箫忆旧游”……无不将丁香的惆怅郁结在千千情结中，纠缠于密织的情网里。我反其义赋予丁香燃烧的激情。

紫荆花

紫荆花，早春叶前开放，花色紫红，形如蝴蝶，艳丽可爱。相传，汉代有兄弟三人不合分家，财产均分后，尚有屋前一株紫荆花树。兄弟三人约定次日将紫荆花树一分为三，各得一段。谁知次日清早，紫荆花树已枯萎凋零。三兄弟惊讶：一棵树木听说要将它分开，尚且伤悲，难道人还不如树木？于是兄弟三人不再提分家之事。没多久，屋前的那株紫荆花树又繁茂起来。从此，紫荆花便成为团结和睦、骨肉难分的一种象征。

三个亲兄弟，
闹着要分家；
分了东西分南北，
还剩一株紫荆花。

夜色浓，月西下，
兄弟相背不说话；
只等天明日出后，
砍成三段各自拿。

紫荆树，正繁华，
花似蝴蝶枝上挂；

天明风起蝶飞去，
只见枯枝不见花。

三个亲兄弟，
热泪胸前洒；
树亦有情恨离别，
人却无义各天涯。
惊醒糊涂人，
羞对紫荆花；
兄弟和睦归于好，
骨肉永远不分家。

啊！
紫荆树啊紫荆花，
枯枝回春又发新芽！
你看那满天的红蝴蝶，
飞过了大海飞回了家！

李清照

又听一夜秋雨，
人憔悴，
独倚栏杆。
西风摇醉芭蕉，
花满地，
愁思故园。

都说是须眉让巾帼，
有谁知红妆不夜眠？
叹的是国破家亡，
恨的是手中无剑。
泼墨处霸王长歌，
做人杰无愧于天。

寻寻觅觅，
凄凄惨惨。
人比黄花瘦，
豪情冲霄汉！

中国茶

世人都喝中国茶，
中国茶里有文化：
一冲二泡看公道，
三四五品是精华。
小盏玲珑演茶技，
大碗酣畅解劳乏；
千年古道通南北，
老树新枝育嫩芽。

龙井普洱铁观音，
茉莉花香满天下；
君山银针大红袍，
故事浸透紫泥砂。
日月杯中留，
壶里乾坤大；
苦涩甘甜人生路，
回肠荡气中国茶！

中國茶 董偉建
世人都喝中國茶中
國茶里有文化一沖
二泡看功道三四五
品是精華小盞玲瓏
演茶藝大碗酣暢解
勞乏千年古道通南
北老樹新枝吐嫩芽
龙井普洱鐵觀音茉
莉花香滿天下君山
銀針大紅袍故事浸
透紫泥砂日月杯中
留壺里乾坤大苦澀
甘甜人生路回腸蕩
氣中國茶
壬辰季冬於京華
寶藝軒魏恒斌

书法家魏恒斌
《中国茶》

中国红

中国人最喜欢中国红，
中国红浸透着中国情；
中国情织成了中国结，
中国结摇醉了中国梦。

大红的花轿红盖头，
大红的蜡烛红灯笼；
大红的对子红双喜，
大红的爆竹红夜空。

红娘搭鹊桥，
红线牵一生；
红颜觅知己，
红花配英雄。

红！红！红！
红红火火好日子，
好日子离不开中国红！

钓

一杆一线一钓钩，
一份悠闲一份求；
一抛一送一舍去，
一怀春夏一怀秋。
钓的是禅中趣，
求的是乐悠悠；
人在岸上坐，
心在水里游。

一动一静一念头，
一份随意一份守；
一呼一吸一身轻，
一怀碧水一怀岫。
念的是无字歌，
守的是韵悠悠；
身在闹市外，
情在世间留。

民以食为天

中国吃文化，
民以食为天；
谁也离不开，
泱泱三顿饭。
吃饱了有底气，
饿肚子腿就软；
十三亿中国人，
筷子能堆成山，

有本事才能吃得开，
没工作就是没饭碗；
退休了可以吃老本，
看晚会胜过飨大餐。
吃紧吃力吃硬吃软，
吃红吃喜吃洋吃鲜；
所有的事儿都离不开吃，
吃透了才能大发展。

中国画

幽幽沉香墨，
飞歌天地间；
纤纤修竹笔，
曼舞几千年。
疾风劲马鸣塞北，
烟笼晓月醉江南；
心有灵犀透纸背，
意在手中自成禅。
一花知春深，
一叶梦秋寒；
云雾腾蛟龙，
朝霞映远山。
大江东去浪堆雪，
小桥人家话桑田；
留白处万千气象，
人相对今古同源。
啊！
水墨丹青，中国画卷！

中国字

外国人看中国字，
龙飞凤舞太神奇；
堂堂正正几千年，
点画撇捺都亮丽。
大篆刻在龟背上，
小篆中国大统一；
隶书楷书行书草书，
翰墨飘香有灵气！

读懂中国字，
就知道中国史；
临好金石帖，
能悟出大道理。
一笔笔鲜活庄严，
一款款诗境画意；
南北东西书同源，
中国字凝聚天和地！

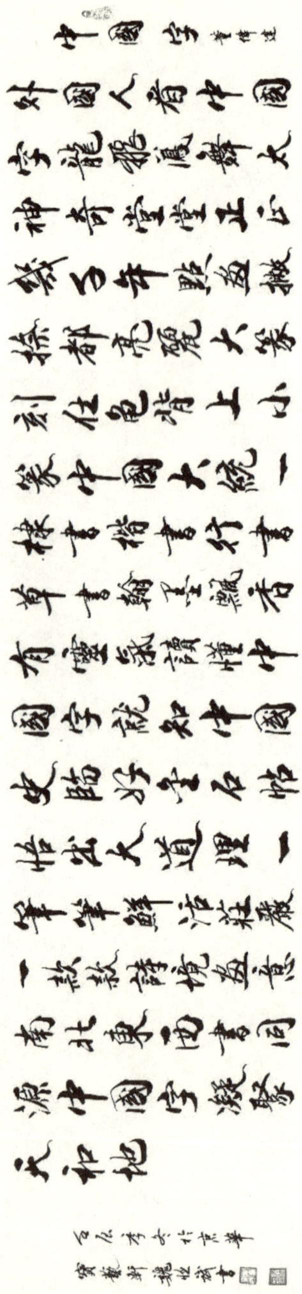

书法家魏恒斌《中国字》

中国酒

中国有佳酿，玉液凝奇香；
悠悠千载酒旗风，浓浓古韵情绵长。

宋太祖把盏释兵权，杨贵妃醉舞媚君王；
李太白举杯邀明月，曹孟德长歌笑杜康。

酒里有真情，亲人团聚话衷肠；
酒里有文化，知己相逢最酣畅。
敬厚德，拜高堂；
暖心扉，祝安康。

干一杯豪情满怀，
醉一回幸福吉祥。
华夏文明，
源远流长！

和谐安天下

老子五千言，
说了一句话：
天道就是大自然，
和谐才能安天下。

万物都和谐，
青山绿水美如画；
天地都自然，
日升月落放光华。

人在天地间，
笔舞墨歌乾坤大；
江河归大海，
我们拥有一个家。

天道自然，
和谐天下。

悟 道

煌煌天地间，大道金光闪。

太古的明月秦汉的风，梦醒函谷关。

紫气东方来，辉映几千年。

盛唐的诗韵宋元的曲，萦绕在身边。

童声白：

“道可道非常道，

人法地地法天。

什么是道？

道就是天。

什么是天？

是大自然。”

中华大文化，

同根又同源；

古往今来求和谐，

大道就是大自然。

明明德

大学之道，在明明德，在亲民，在止于至善。——孔子《大学》

明明德，明明德，
这是一首古老的歌；
明明德，明明德，
这是一团燃烧的火。
几千年风雨相伴，
这首歌唱到了新中国；
多少代达人志士，
把火炬传给了你和我。

人间正道，大气磅礴；
东方神韵，天地祥和。
啊！明明德啊明明德，
一人唱啊万人合！
明明德啊明明德，
心中的太阳永不落！

悠悠弟子规

悠悠弟子规，唱了几百年；
朗朗读书声，鹤发伴童颜。

天有四时牵春秋，
地有西北跨东南，
十载辛劳得一木，
百年育人莫等闲。

弟子规，老人言，
人之本，爱当先；
尽孝道，知廉耻，
好根苗，性不迁。

长成了参天树，
风吹不倒，雪压不弯；
做一个栋梁材，
顶得起家，擎得住天。

千秋金鉴

拂开尘封的云烟，捧起闪光的箴言，
有一个不朽的名字，在古老的铜镜上璀璨。
啊，大唐魏征！
你是中华民族的骄傲，
你是天下人伦的典范。

居安思危，戒奢以俭；
忠心辅国，敢诤敢谏。
铁骨擎道义，日月照肝胆。
为的是江山社稷，保的是国泰民安。
功高如山，千秋金鉴。

兼听则明，偏听则暗，
民为国本，基业久远。
丹心垂青史，正气贯长天。
为的是江山社稷，保的是国泰民安。
绩大如海，千秋金鉴。

醉花荫

年年教师节，
老师最温馨；
举国颂师德，
艳阳醉花荫。
兴家要勤劳，强国靠育民；
古往今来多少代，贫富都要拜师尊。

年年教师节，
老师最欢欣；
桃李满天下，
告慰耕作人。
学子要担纲，当敬师为亲；
授业解惑担大任，老师情同父母恩。

第八篇

冥想篇

温饱是天

童声白：
“锄禾日当午，汗滴禾下土，
谁知盘中餐，粒粒皆辛苦。”

头顶着千年不变的太阳，
耕耘着大地绿色的希望。
谁也离不开的一日三餐，
饱含着多少辛劳和沧桑。

啊！
泱泱大国，
温饱是天；
芸芸众生，
吃的是粮。

人是铁啊，饭是钢；
半顿不吃，心就慌。
别浪费啊，莫铺张；
富了更要，多思量。

一天节省一把米吆，
能装满天下大粮仓！
一天节省一把米吆，
能装满天下大粮仓！

童声白：
“锄禾日当午，汗滴禾下土，
谁知盘中餐，粒粒皆辛苦。”

期　待

把种子撒进大地，
在憧憬中耕耘着期待；
用汗水换来幸福，
情系黄土，胸怀四海。
永远坚定信心，
不怕坎坷失败。
寂寞长夜终有尽头，
太阳一定会升起来。

把希望写在脸上，
在快乐中体会着期待；
用真诚培育友情，
指点江山，坦荡豪迈。
委屈需要理解，
跌倒别说无奈。
冰雪寒冬不会太久，
春天一定会再回来。

只要有梦

只要有梦，就能成功；
只要拼搏，就是英雄。

人生的路有千万条，
每条路上都有彩虹；
机会就在你身边过，
千万别坐在家里等。

涓涓溪流汇成河，
点点星光照夜空；
自古天道酬劳勤，
贫富由你自己定。

啊，亲爱的朋友，
站起来，吼一声。
相信你自己，
一定能成功！

我是一片美丽的枫叶

高高的枫树上，
我是一片美丽的枫叶。
在温暖的怀抱里，
沐浴着爱的光辉。

春天，
我在枝头上发芽；
盛夏，
我在蓝天下摇曳。
秋天收获的季节，
大地告诉我，
无论我飞到哪里，
都不要忘记，
我是一片美丽的枫叶。

难忘的歌

岁月飞逝，相聚真好，
忘不了莫斯科郊外的晚上。
夜莺从故乡飞来，
田野里红莓花儿开放。

我们举杯歌唱春天，
笑声在山楂树下回荡。
为了我亲爱的母亲，
请点亮小路的灯光。

飞翔吧，和平鸽！
去寻找我亲爱的好姑娘。
美丽的候鸟告诉我，
有座可爱的城市远在北方。

附：

《岁月飞逝》，《相聚真好》，
忘不了《莫斯科郊外的晚上》。
《夜莺》从《故乡》飞来，
《田野》里《红莓花儿开》放。

《我们举杯》歌唱《春天》，
笑声在《山楂树》下回荡。
为了《我亲爱的母亲》，
请点亮《小路》的《灯光》。

《飞翔吧》，《和平鸽》！
去《寻找》《我亲爱的好姑娘》。
美丽的《候鸟》告诉我，
《有座可爱的城市远在北方》。

注：《》内文字为俄罗斯歌曲名称

拥抱生命的浪漫

卸下矜持的装扮，
解开紧束的空间；
跟太阳一起奔跑，
拥抱生命的浪漫！

奔向高山和大海，
奔向森林和草原。
释放出堂堂正正，
释放出天高地宽。

爱是我的行囊，
爱是我的伙伴。
有一份感动，
就在眼前！

快乐每一天

快乐每一天，
别让烦恼来纠缠；
珍爱每一天，
不给生命留遗憾。

光阴一去白了头，
岁月不会倒着转；
谁都尝过苦滋味，
笑对人生过百年。

把太阳抱在怀里，
把月亮挂在床前。
健康老来俏，
大福是平安；
祥和兴家国，
天高地也宽。

爱悠悠

风雨飘摇的时候，
最亲的人和你同舟；
翻山越岭的时候，
好朋友一定陪你走。

亲人和你连着心，
朋友和你牵着手。
人间自有真情在，
天长地久到白头！

漫漫人生路，
情也悠悠，
爱也悠悠！

生活其实很简单

生活其实很简单，
悠闲忙碌三顿饭，
一觉睡到自然醒，
别让心里堵着烦。

人生都有不如意，
鸡毛蒜皮总不断。
你要缠恋这些事，
一辈子也难有笑脸。

遇事心要宽，知足保平安。
百年弹指过，别去攀长短。
给你一张黄金的床，
你也睡不成活神仙。

啥是好生活？珍惜每一天！
啥是好日子？快乐每一天！

笑在蓝天下

小时候妈妈叮咛我，
别人的东西不能拿；
长大了爸爸嘱咐我，
黑心的钱财不能花。

要清清白白做人，
堂堂正正地活着。
艰辛时守着清贫，
迷茫时想着有家。

一辈子忘不了父母的爱，
一辈子铭记着实在的话。
传给下一代，
笑在蓝天下。

有爱才会有感动

什么时候，
我们忘了被感动？
什么时候，
我们丢了爱和情？
其实感动在身旁，
人间处处有真诚。

一个微笑，
一声叮咛，
一句冷暖，
一点宽容。
只要用心看世界，
草木都是小精灵。

有爱才会有感动，
感动让爱更纯净，
一份感动一份爱，
世间万物都关情！

我有一个心愿

退休的时候，
我有一个心愿，
不是去周游世界，
是想回插队的地方看看。
那暖人的火炕，
那难忘的笑脸，
还有那条大黄狗，
一切就像是昨天。

吃过多少苦，风雨沥肝胆；
一腔精气神，傲然天地间。
有过惆怅，却早已烟消云散；
有过抱怨，再回首却是缠绵。

轻轻地梳理好记忆，
找出来泛黄的照片。
人还没走出家门，
心已经飞到了天边。

我不寂寞我快乐

我爱一个人独坐，
总有人说我寂寞，
其实他们不懂我，
我没时间去寂寞。

大海告诉我宽容，
蓝天送给我辽阔，
太阳照亮我的梦，
月亮陪伴我求索。

飞鸟向我问好，
清风听我诉说，
雪花让我憧憬，
绿色暖我心窝。

我和天地同呼吸，
我不寂寞我快乐。

浩然正气满乾坤

做人要有精气神，
堂堂正正才是真；
挺直脊梁走大路，
实实在在抵万金。

看准了别彷徨，
难得是有恒心；
怕就怕穷折腾，
亲人也忘了亲。

抬起头，向前进，
别怕征程有浮云；
挺起胸，中国人，
浩然正气满乾坤。

我多想让时光倒流

我多想、多想让时光倒流；
我多想、多想让青春回头。
谁能借给我一把油纸伞，
让我撑得起岁月悠悠。

往事萦绕在心头，
有几多苦夏？
又有多少个凉秋？
忘不了、忘不了春光艳阳，
还有那新月如钩。

我多想、多想让时光倒流；
我多想、多想让青春回头。
让时光在油纸伞上舞蹈，
让青春在岁月里悠悠。

爱之梦

我们有过多少梦，
一代比一代更恢弘；
我们有过多少爱，
一天比一天更厚重。

人生的路啊！
山有几重？
水有几重？
不变的永远是真情。

怕就怕丢了爱，
怕就怕没了梦。
有梦才能有盼望，
有爱才能有彩虹。

爱在我心里，
爱在你手中。

江上月

我站在滚滚东去的大江身旁，
听千古的风卷起波涛万堆雪浪，
问一句天上的明月今夕是何年？
不远处苏东坡把酒临风浅吟低唱。

月缺了圆了多少回还是一个样，
人聚了散了多少代依旧两相望。
人间自有真情在，
笑谈冷暖看沧桑。

月在梦中圆，
情在水中央。
论英雄都说是羽扇纶巾，
共婵娟却难忘小乔红妆。
魂牵梦绕，
荡气回肠。

爱永恒

我站在地平线上，
仰望浩瀚的星空；
有多少美丽的传说，
在天幕上眨着眼睛。

我的心飞进了银河，
去寻找五彩的幻梦；
回头看我生命的摇篮，
也是一颗眨眼的星星。

日月庚辰，相恋相生；
苍茫宇宙，自然恢弘。
我们从哪里来？我们归何处去？
我们从哪里来？我们归何处去？

百年复百年，
只有爱永恒！

自 然

天地有大美，
万象皆自然；
春夏秋冬牵古今，
东西南北成方圆。

月落太阳升，
甲子轮回转；
大雁回首枫叶红，
雪落无声兆丰年。

凤求凰，人相恋；
看世界，品甘甜。
听一曲天籁交响，
揽一怀丹青画卷。
大道无疆，
光明灿烂！

图书在版编目（CIP）数据

千秋金鉴：董伟达新歌诗集 / 董伟达 著. —北京：东方出版社，2013.4
ISBN 978-7-5060-6141-4

Ⅰ.①千… Ⅱ.①董… Ⅲ.①歌词-作品集-中国-当代 Ⅳ.①I227

中国版本图书馆 CIP 数据核字（2013）第 049392 号

千秋金鉴：董伟达新歌诗集
（QIANQIU JINJIAN：DONGWEIDA XINGESHI JI）

作　　者：董伟达
责任编辑：黄晓玉　刘晓立
出　　版：东方出版社
发　　行：人民东方出版传媒有限公司
地　　址：北京市东城区朝阳门内大街 166 号
邮政编码：100706
印　　刷：北京博艺印刷包装有限公司
版　　次：2013 年 4 月第 1 版
印　　次：2013 年 7 月第 2 次印刷
印　　数：3 001—6 000 册
开　　本：630 毫米×910 毫米　1/16
印　　张：14
字　　数：29 千字
书　　号：ISBN 978-7-5060-6141-4
定　　价：32.00 元
发行电话：（010）65210056　65210060　65210062　65210063